GO GIRL!
Les 2 côtés
DE LA MÉDAILLE

La version
de Mia

EH Héritage jeunesse

Go Girl! Les 2 côtés DE LA MÉDAILLE

Vérité ou conséquence?

PAR
MEREDITH BADGER

TRADUCTION DE MARTINE PERRIAU
RÉVISION DE AUDREY BROSSARD

ILLUSTRATIONS DE MEGAN JO NAIRN ET ASH OSWALD
INSPIRÉES DES ILLUSTRATIONS DE ASH OSWALD

INFOGRAPHIE DE DANIELLE DUGAL

EH Héritage jeunesse

Chapitre
* un

— Bien, dit Mme Bonacci. Voyons si vous pouvez répondre aux questions inscrites au tableau avant la fin du cours.

Mia regarde l'horloge sur le mur et sourit. Il n'est que 14 h 50. *J'ai tout mon temps,* se dit-elle.

Elle s'attaque à l'avant-dernière question. Ce qu'il y a de bien avec les devoirs, c'est que le temps passe plus vite.

Lorsque j'aurai terminé, il sera temps pour Sophie et moi d'aller chez Maïko pour y passer la nuit! songe Mia avec enthousiasme. Comme elle a hâte! Ses deux meilleures amies et elle passent toujours d'excellentes soirées ensemble.

À côté d'elle, Maïko se tortille sur sa chaise et tripote son crayon. Mia sait que son amie a parfois du mal à se concentrer et qu'elle adore faire le poirier et d'autres acrobaties. Pas étonnant qu'elle ne puisse pas rester tranquillement assise! Mia essaie de l'ignorer.

Maïko lui donne alors un coup de coude.

— Hé, Mia, murmure-t-elle, as-tu hâte d'être à ce soir?

Mia hoche la tête et sourit, mais elle reste muette. Mme Bonacci n'aime pas qu'elles bavardent en travaillant, et Mia ne tient pas à s'attirer des ennuis. Pas plus qu'elle ne veut en attirer à Maïko.

Impossible de parler à Maï maintenant...

Mia a l'impression qu'elle n'a pas répondu à beaucoup de questions. Si Mme Bonacci les surprend à bavarder, elle sera sans doute très fâchée.

Quelques secondes s'écoulent, et Mia entend Maïko embêter Sophie, assise de l'autre côté de son amie.

Pourvu que Mme Bonacci n'ait rien remarqué! se dit-elle.

Le crayon de Maïko tombe soudain par terre. Mia se mord la lèvre. *Oh-oh! Mme Bonacci l'aura entendu, c'est sûr!*

Mia a raison. Leur professeure arrive d'emblée vers elle et se tient derrière son amie. Mme Bonacci regarde la feuille de Maïko et fronce les sourcils.

— Tu ne sembles pas travailler très fort,

Maïko, dit-elle. Concentre-toi et voyons à combien de questions tu pourras répondre dans le dernier quart d'heure. Et cesse de distraire Mia et Sophie, je te prie.

— Oui, Mme Bonacci, répond Maïko.

Mia se sent désolée pour son amie. *Elle va peut-être se concentrer, maintenant,* se dit-elle.

Quelques secondes s'écoulent encore, quand Maïko la pousse du bout du doigt.

— Hé, Mia, chuchote-t-elle. Maman nous prépare des tempuras ce soir.

Mia regarde autour pour voir si leur professeure est dans les parages. Mais Mme Bonacci est assise auprès de Brigitte, qu'elle aide à propos d'une question.

— C'est quoi, des tempuras? lui demande Mia dans un murmure.

— Ce sont comme de beignets de poisson et des frites, mais à la japonaise. C'est délicieux! explique Maïko.

Maïko ne chuchote plus du tout et elle joue très fort de la batterie sur son pupitre, son crayon dans une main et sa règle dans l'autre.

Mia aperçoit Mme Bonacci qui lève les yeux. Elle pose un doigt sur ses lèvres pour avertir Maïko de rester tranquille, mais son amie ne remarque rien. Elle continue de bavarder tout aussi fort.

— En plus, il y aura... commence-t-elle.

Impuissante, Mia regarde Mme Bonacci s'approcher et poser la main sur l'épaule de Maïko.

Chapitre deux

— Maïko Takasaka, qu'est-ce que je *viens* de te dire? lui demande Mme Bonacci, fâchée.

— Vous m'avez dit de me concentrer et de travailler, dit lentement Maïko.

— Je t'ai aussi demandé d'arrêter de distraire les autres.

— Pardon, Mme Bonacci, dit Maïko. Je vous assure que ça n'arrivera plus.

— En effet, ça n'arrivera plus, acquiesce Mme Bonacci, car je vais t'éloigner de Mia et de Sophie. Lève-toi, s'il te plaît.

Mia en a le souffle coupé. *Oh, non ! C'est terrible !*

— S'il vous plaît, Mme Bonacci, permettez-moi de rester ici, la supplie Maïko. Je vous promets de travailler très fort.

Mais Mme Bonacci secoue la tête.

Je ne veux pas que Maï change de place.

— Prends tes affaires et va t'asseoir à côté de Brigitte, lui dit-elle.

Mia regarde avec tristesse Maïko se diriger vers son nouveau pupitre.

— Combien de temps devrai-je rester ici, Mme Bonacci? demande Maïko.

— Jusqu'à ce que je décide de te renvoyer à ta place.

Pauvre Maï! se dit Mia en regardant la chaise vide près d'elle. Elle est assise à côté de Maïko depuis aussi longtemps qu'elle peut s'en souvenir. *Ça va être bizarre de ne plus l'avoir près de moi.* Mia regarde alors Maïko poser d'un air triste sa trousse et son cahier sur son nouveau pupitre.

Mia voit Brigitte se pencher et murmurer quelque chose à Maïko.

Ah, non, pas encore! se dit-elle. *Je ne peux pas croire que Brigitte est devenue elle aussi un moulin à paroles.*

Mia sait que la dernière chose dont Maïko a besoin, c'est d'une personne qui l'incite à bavarder. Mme Bonacci serait à court de pupitres libres où envoyer Maïko, et Mia ne reverrait jamais son amie se réinstaller à côté d'elle.

Peut-être que Maï arrivera à ignorer Brigitte et que Mme Bonacci la renverra bientôt à sa place, se dit Mia avec espoir.

C'est une pensée agréable, mais Mia ignore si cela se produira rapidement!

Chapitre *trois*

La soirée pyjama chez Maïko est aussi agréable que Mia l'avait espéré. Son amie avait raison à propos des tempuras. C'est délicieux ! Elles ont aussi mangé de la crème glacée aux mûres et regardé le film *Hannah Montana*.

Maintenant, elles traînent dans la chambre de Maïko.

Elles sont déjà en pyjama, mais Mia sait qu'elles n'iront pas dormir de sitôt.

— Que pourrions-nous faire, maintenant ? demande Maïko en faisant le poirier.

— Mettons de la musique et dansons, propose Mia.

— Bonne idée ! s'exclame Maïko, en se redressant sur ses pieds. Oh, non, impossible. Maman m'a demandé de ne pas faire trop de bruit, parce que mon frère fait ses devoirs.

Sophie roule les yeux.

— Mon frère Lionel *prétend* qu'il travaille alors qu'en réalité il joue à l'ordinateur.

— Kaï fait la même chose, dit Maïko en riant. Les frères sont si rusés !

Mia s'apprête à dire que son frère Nicolas en fait tout autant, lorsque Sophie s'assoit soudain tout excitée.

— Jouons à «Vérité ou conséquence», dit-elle. Si vous choisissez *Vérité*, je vous pose une question à laquelle vous devez répondre sans mentir. Si vous choisissez *Conséquence*, je décide d'un défi que vous devez relever.

Ça semble amusant!

Mia fronce les sourcils et réfléchit. *A-t-elle déjà joué à ce jeu? Mais oui!* Elle y a joué avec son frère et sa sœur. Au supermarché, Nicolas l'avait mise au défi de mettre des bananes sur sa tête et de danser devant tout le monde. Et Rose l'avait mise au défi d'appeler quelqu'un au téléphone et de chanter «Il était un petit navire».

Mia avait refusé de relever ces défis. C'était *beaucoup trop* embarrassant.

Mais c'était il y a longtemps, se dit Mia. *Je pourrais sûrement jouer à «Vérité ou conséquence» aujourd'hui sans me sentir nerveuse. En fait, ce serait amusant!*

— Super! Qui veut commencer? demande Maïko en regardant autour d'elle. Pourquoi pas toi, Mia?

Mia est sur le point d'accepter lorsqu'elle voit le regard excité de Maïko.

Maï tient vraiment à commencer. Pas de problème, je jouerai après elle.

— Non, vas-y toi, Maï, lui dit-elle.

— D'accord, fait Maïko en souriant et en se dressant d'un bond.

— Que choisis-tu? demande Sophie.

Maïko roule les yeux.

— Une CONSÉQUENCE, bien sûr! répond-elle. La vérité, c'est beaucoup trop facile.

Hé, c'est faux! se dit Mia. Il peut être très difficile de dire la vérité.

Sophie pointe du doigt le masque de clown de Maïko.

— Très bien... Tu dois mettre ce masque, te faufiler par la fenêtre et aller regarder par la fenêtre de ton frère, dit Sophie. S'il sursaute, tu auras réussi ta conséquence.

Maïko attrape le masque et ouvre la fenêtre.

— Suivez-moi et regardez! dit-elle aux autres. Je vais faire bondir Kaï si haut qu'il va se cogner la tête au plafond!

Super! se dit Mia, ravie. *Ça va être drôle. Je m'imagine lever les yeux et voir ce visage de clown en train de regarder par la fenêtre. Je crierais à en perdre la tête!* Mia frémit à cette seule pensée.

Tandis qu'elle frissonne, Maïko lui lance un drôle de regard et dit: « Hé, Mia, peux-tu rester ici pour surveiller? Si mes parents viennent, dis-leur que nous nous brossons les dents.»

Mia est déçue. Elle tenait vraiment à accompagner les autres.

Mais Maïko a raison, se dit Mia. *Quelqu'un doit rester.* Elle hoche alors la tête et répond : «D'accord».

Sophie et Maïko sortent par la fenêtre en ricanant.

Tandis qu'elle attend leur retour, Mia jette un coup d'œil dans la chambre de Maïko. Il y a plein de photos du spectacle de cirque auquel son amie a participé au trimestre dernier. Sur l'une d'elles, Maïko se tient debout sur les épaules d'une fille. Sur une autre, elle est couverte de paillettes et marche sur des échasses.

Maïko n'a-t-elle donc jamais peur de rien? s'étonne Mia. Seule une personne très courageuse peut faire de tels tours de cirque.

Mia fait alors le poirier. Elle est généralement plutôt nulle à ce jeu et elle craint de

C'est
vraiment
facile!

basculer et de paraître stupide. Mais elle s'est entraînée chez elle et elle tient mieux sur sa tête. Elle a même déjà réussi à tenir pendant cinq secondes.

Je suis bien plus courageuse qu'avant, se dit Mia avec fierté. *Le seul problème, c'est que personne ne semble l'avoir encore remarqué !*

Soudain, Mia entend un cri. *Je parie que c'est le frère de Maïko !* se dit-elle en riant sous cape. Quelques secondes plus tard, la fenêtre est secouée de coups frénétiques. Mia jette un coup d'œil dehors. C'est Sophie et Maïko.

— Venez, je vais vous aider ! s'écrie Mia en se penchant à l'extérieur et en saisissant leurs bras.

Maïko et Sophie escaladent la fenêtre et s'effondrent sur le sol en riant et en haletant. Il est impossible pour Mia de ne pas mêler son rire au leur !

Le jeu de «Vérité ou conséquence» est vraiment amusant, se dit-elle, ravie. *Je suis impatiente d'y jouer à mon tour !*

Chapitre quatre

Le lundi matin, Mia ne peut s'empêcher de sourire tandis que sa mère les conduit, Jacques et elle, à l'école.

— Comment peux-tu être aussi joyeuse ? ronchonne Jacques. C'est lundi !

Jacques Pang habite près de chez elle et il est lui aussi dans la classe de Mme Bonacci. La mère de Mia les conduit à l'école, et celle de Jacques les récupère à la fin de la journée.

Jacques est drôle, agréable et il chante très bien. Il n'est pas pour autant le petit ami de Mia. Il n'est qu'un ami qui se trouve être un garçon.

Mia arbore un grand sourire.

— *J'aime* les lundis, te souviens-tu ? lui dit-elle.

Jacques la regarde en haussant un sourcil.

— Rappelle-moi *pourquoi*, déjà ?

— Parce que le lundi signifie que j'ai toute une semaine devant moi pour être avec mes amies, répond Mia en riant. De plus les lundis, nous allons au laboratoire d'informatique. Je prépare une présentation animée sur les dauphins. C'est très amusant !

Mia n'en dit rien, mais elle est encore plus excitée *ce* lundi.

J'espère que les autres voudront jouer à «Vérité ou conséquence» à l'heure du lunch, se dit-elle. *Parce que moi, j'en ai vraiment envie !*

Ce matin-là, dans le laboratoire d'informatique, Mia est assise entre Sophie et

Francis. Elle s'assoit d'habitude entre Sophie et Maïko, mais Maïko est encore à côté de Brigitte.

Son amie rigolote lui manque mais, d'un autre côté, elle abat nettement plus de travail lorsque Maïko n'est pas là !

Mᵐᵉ Bonacci vient regarder la présentation animée de Mia sur les dauphins.

— C'est formidable, Mia ! lui dit-elle avec un air impressionné. J'aimerais que tu montres ta présentation à tout le monde quand elle sera terminée.

Lorsqu'un élève fait du très bon travail à l'ordinateur, Mᵐᵉ Bonacci l'invite à se servir du projecteur d'image-écran afin de le montrer à toute la classe.

— D'accord ! répond Mia avec fierté.

Après que Mme Bonacci s'est éloignée, Sophie lance un regard curieux à Mia.

— Ça ne te rend pas nerveuse de faire ça ? lui demande-t-elle.

Mia réfléchit.

— J'aurai sans doute *un peu* le trac, admet-elle, mais ça ne m'arrêtera pas.

— En fait, tu es plutôt courageuse, Mia, dit Sophie en souriant.

Mia en reste bouche bée. C'est si étrange d'entendre quelqu'un la qualifier de courageuse !

— Je suis loin d'être aussi courageuse que Maïko, dit-elle enfin. Elle fait des tours de cirque vraiment difficiles devant de nombreux spectateurs. Je ne pourrais jamais faire ça.

— C'est différent, dit Sophie en haussant les épaules. C'est vraiment super de pouvoir se lever et de présenter son travail en classe. Ça demande du courage.

Mia entend alors Hugo s'écrier: « Hé, Francis ! Depuis quand t'es-tu transformé en aéroport ? »

Elle se retourne et ne peut s'empêcher de rire !

Un avion de papier a atterri tout droit sur la tête de Francis.

Mia et Sophie se regardent en souriant. Elles ne disent pas un mot, mais Mia sait qu'elles pensent toutes les deux à la même chose.

Maïko joue ses tours habituels !

— Qui a lancé ça ? demande Mme Bonacci en tendant l'avion.

Mia regarde Maïko, s'attendant à la voir lever la main. Mais Maïko reste immobile et se contente de fixer le plancher.

C'est bizarre, se dit Mia, étonnée. *Généralement, Maïko reconnaît tout de suite ses fautes.*

Mia lance un coup d'œil à Sophie, qui semble aussi surprise qu'elle.

Mᵐᵉ Bonacci pousse un soupir.

— Je suis très déçue que personne n'ait le courage d'avouer, dit-elle.

Mia voit alors Maïko lever la main très lentement.

Que fera Maï?

— C'est moi, Mme Bonacci. J'avais besoin d'aide à l'ordinateur.

— Ce n'est pas une raison pour ne pas respecter les règles, réplique Mme Bonacci. Pourquoi ne pas avoir simplement levé la main et attendu ton tour comme tout le monde?

Le visage de Maïko vire au rouge.

Pauvre Maï! se dit Mia.

— Je prévoyais te renvoyer à ta place habituelle ce matin, Maïko, continue Mme Bonacci, furieuse. Mais je pense maintenant que tu ferais mieux de rester à ton nouveau pupitre lorsque nous regagnerons notre salle de classe. Et, Maïko, si je te surprends encore à faire la moindre bêtise, tu auras de sérieux problèmes!

Mia se sent vraiment désolée pour son amie. Ces temps-ci, Maïko semble toujours s'attirer des ennuis.

J'aimerais tellement pouvoir l'aider! se dit-elle.

Chapitre cinq

Youpi ! se dit Mia en entendant la cloche sonner. La matinée lui a paru passer très vite, mais elle a tout de même très envie d'une pause. *J'espère que les autres voudront jouer à « Vérité ou conséquence » aujourd'hui,* se dit-elle pour la millionième fois.

— Allons manger sous notre arbre, dit Maïko en attrapant un ballon de basket dans la boîte de matériel de sport et en le faisant rebondir.

Mia sourit. Bien que Maïko ait eu de gros ennuis avec Mme Bonacci, elle est plus pétillante que jamais !

Mia et ses amies se dirigent vers leur endroit favori, sous un grand arbre touffu dans la petite cour derrière l'école. Comme il est interdit d'y jouer au ballon, elles y sont toujours au calme. Aujourd'hui, elles y sont d'autant plus tranquilles que la cour est presque vide.

Mia et ses amies s'assoient ensemble et partagent leur repas. Puis Maïko se met à faire le poirier.

— Je suis si contente que ce soit l'heure du dîner ! dit-elle.

— Si Mme Bonacci s'était fâchée contre moi une fois de plus, je crois que ma tête aurait explosé !

— Tu devrais peut-être arrêter de faire sans cesse des bêtises, dit Sophie en prenant un air sévère et en agitant son doigt à la manière d'un professeur.

Maïko sourit.

— Tu veux dire des bêtises comme ça ? fait-elle en louchant et en essayant de faire tourner le ballon sur son doigt.

Sophie éclate de rire, et Mia se joint à elle. Il est impossible de ne pas rire de Maïko. Elle est si drôle !

Une fois que toutes se sont calmées, Mia demande : « Que diriez-vous de jouer à *Vérité ou conséquence* ? »

C'est un jeu si amusant!

Elle retient alors son souffle. Les autres accepteront-elles de jouer?

— Super! s'exclame Maïko.

Mia est sur le point de dire: «Puis-je commencer?», mais Maïko la devance.

— Sophie, dit-elle, c'est à ton tour.

— D'accord. Alors je choisis une conséquence, dit Sophie avec un sourire espiègle.

Mia est déçue. Elle espérait vraiment être
la prochaine à jouer. *Pourquoi Maïko ne m'a-
t-elle pas choisie ? Pense-t-elle que j'ai peur ?*

Mais elle retrouve le moral en entendant
le défi amusant que Maïko lance à Sophie.

Sophie doit inviter Nicolas, le frère de
Mia, à sa fête d'anniversaire, même si celle-
ci n'aura lieu que dans plusieurs mois.

Mia glousse de joie. C'est un bon défi qui
sera difficile à relever, surtout devant tous
les amis de Nicolas !

C'est d'autant plus drôle, car Mia sait
que Sophie a le béguin pour Nicolas et que
son frère éprouve la même chose pour
Sophie !

Je serais tellement gênée de relever un tel défi !
se dit Mia.

Sophie semble tenter de se sortir de ce pétrin, mais elle se lève et annonce : « Très bien ! Je vais le faire ! »

J'espère avoir un bon défi !

Mia regarde Sophie sortir de la cour.

— Crois-tu qu'elle ira jusqu'au bout? lui demande Maïko.

— Je ne sais pas. J'espère seulement que *mon* défi ne sera pas aussi gênant.

Elle n'avait pas vraiment voulu dire ça. C'est sorti tout seul.

Maïko a l'air étonné.

— Attends! Tiens-tu *vraiment* à choisir une conséquence?

— Mais bien sûr!

Maïko sourit. «Très bien! Tu seras la prochaine alors.»

Mia sourit à son tour. Elle se sent bien et impatiente aussi! Elle va enfin pouvoir jouer.

Mia en a assez du surnom dont la classe l'a affublée – *Mia, la petite souris*.

Mais une fois que Sophie et Maïko m'auront vue relever un défi, elles comprendront enfin que je ne suis plus Mia, la petite souris, se dit-elle joyeusement.

Soudain, une idée lui vient à l'esprit.

— Hé! dit-elle en se tournant vers Maïko. Tu devrais aller t'assurer que Sophie relève bien son défi. Je vais attendre ici pour que Nicolas ne découvre pas le pot aux roses.

Maïko hoche la tête.

— Tu as raison. Je devrais aller m'en assurer.

Mia s'entraîne à faire le poirier en attendant le retour de ses amies. Elle en fait un et compte jusqu'à huit!

Je deviens plutôt bonne, se dit-elle avec fierté. *Un jour, je pourrais peut-être même aller à l'école de cirque avec Maï!*

Quelques instants plus tard, Sophie et Maïko reviennent en courant et se laissent tomber sur le banc, près de Mia.

Elles sont toutes les deux rouges et hors d'haleine, mais elles continuent de rire.

— Bravo, Sophie ! Tu as réussi ! dit Maïko.

— C'était *terriblement* embarrassant, dit Sophie en riant et en balayant ses cheveux de son visage. Mais c'était aussi plutôt amusant.

Mia sourit et serre ses genoux contre sa poitrine. *À MON tour, maintenant !* se dit-elle.

Chapitre six

Maïko se tourne vers Mia et sourit.

— Bon, à toi, Mia. Que choisis-tu ? Vérité ou conséquence ?

C'est étrange. Mia rêvait de cet instant mais, maintenant que son tour est enfin arrivé, elle éprouve une certaine nervosité. Elle reste assise, immobile, pendant quelques secondes, espérant que cette impression disparaîtra. Elle voit alors Sophie et Maïko échanger un regard.

Elles pensent que je suis morte de peur.

— Tu peux choisir la vérité, tu sais, lui dit gentiment Maïko. C'est beaucoup plus facile que relever un défi.

Mia hésite. Elle ne croit pas qu'il soit *si* facile de dire la vérité. D'ailleurs, même Maïko a eu du mal à avouer à Mme Bonacci qu'elle avait lancé l'avion, ce matin.

Mais les défis sont aussi tout à fait terrifiants. *Suis-je vraiment assez courageuse pour en relever un?* se demande-t-elle, soudain prise de doutes.

Elle prend une grande inspiration et annonce: «Je choisis la conséquence», espérant paraître plus sûre d'elle qu'elle ne le ressent.

— Hé, pourquoi ne pas faire un *double* défi? propose Maïko.

— Bonne idée! acquiesce Sophie.

Mia regarde ses amies d'un air curieux.

— C'est quoi, un double défi? leur demande-t-elle.

— C'est lorsque deux personnes relèvent un défi ensemble, lui explique Sophie.

— Exact! ajoute Maïko. Donc, Mia, tu choisis le défi et je le relèverai avec toi.

Je suis sûre de pouvoir relever un défi à moi seule, se dit Mia, *mais ce sera encore plus amusant d'en relever un avec Maï.*

Elle hoche la tête et dit: «D'accord, allons-y!»

— Super, s'exclame joyeusement Maïko. Alors, quel sera notre défi? Ça ne doit pas être obligatoirement embarrassant. Juste un peu difficile à faire.

Mia réfléchit. Elle veut proposer un bon défi. Un qui soit difficile, mais amusant aussi. Très bien, mais quoi?

Je peux demander à Maïko de dire une idiotie à Francis, du genre qu'elle est amoureuse de lui. Mia sourit. Ce serait amusant, d'autant plus que c'est la vérité ! Maïko *aime* Francis. Elle l'aime beaucoup.

Mia se rappelle soudain qu'il s'agit d'un double défi. *Je devrais donc dire la même chose à Francis !* Mia secoue la tête. *Pas question !*

Elle regarde alors autour d'elle. Elle voit le ballon de basket et une idée lui vient soudain à l'esprit. C'est parfait. Amusant, mais aussi un rien embarrassant et stupide. Elle s'empare du ballon.

— J'ai trouvé ! s'écrie-t-elle en essayant de ne pas rire. *Maï*, toi et moi devrons nous rendre là où jouent Francis, Jacques et les autres garçons de notre classe.

Nous devrons alors leur faire le pari que, toi et moi, nous pouvons tous les battre au basket.

C'est une excellente idée!

Maïko fronce les sourcils.

— Mais qu'arrivera-t-il s'ils acceptent le pari ? demande-t-elle d'un ton hésitant.

Mia n'avait pas pensé à ça.

— Alors, nous n'aurons qu'à jouer ! décide-t-elle sur-le-champ.

Maïko éclate de rire.

— Voyons, Mia ! Nous n'avons aucune chance de les battre tous.

Mia sourit. Maïko a raison, bien sûr. Elles perdront certainement. Et elles auront sans doute l'air un peu stupide.

— Peu importe, dit Mia. Ce sera amusant, de toute façon.

Maïko bondit sur ses pieds et frotte sa jupe, en arborant son habituel sourire espiègle.

— Très bien, dit-elle, je suis prête. Qu'attendons-nous ?

Mia bloque le ballon sous son bras et les trois filles s'apprêtent à sortir de la cour. Elle sent que Maïko est très excitée et qu'elle paraît prête à tout. *Je parie qu'elle veut jouer pour impressionner Francis !* se dit-elle en riant sous cape.

Soudain, Maïko court devant et pivote face à Mia.

— Hé, Mia ! Entraînons-nous d'abord, crie Maïko. Lance-moi le ballon aussi fort que tu peux.

Mia hésite un instant. Elles sont toujours dans la cour où il est strictement interdit de lancer des ballons.

Mais il n'y a personne alentour, et Maïko paraît si enthousiaste qu'il est impossible de dire non ! Mia tend ses bras vers l'arrière et lance le ballon aussi fort qu'elle le peut à Maïko.

Mais, tandis que Mia lance le ballon, un vent violent fait voler les cheveux de Maïko

devant ses yeux. Maïko secoue sa tête rapidement pour voir à nouveau et essaie d'attraper le ballon, mais il passe à toute allure à côté d'elle.

Mia, horrifiée, voit le ballon frapper de plein fouet l'une des fenêtres de la salle de classe.

C R A C !

Mia reste figée, trop terrifiée pour bouger. Elle devient encore plus angoissée lorsqu'elle constate qu'elle a fracassé une fenêtre de leur propre salle de classe! Que dira Mme Bonacci en voyant ça?

Avant même qu'elle puisse commencer à y penser, Maïko l'attrape par le bras.

C'est affreux!

— Partons ! s'écrie Maïko en tirant Mia.
Vite, avant que quelqu'un ne nous voie !

Chapitre

sept

Tandis qu'elle s'éloigne en courant, Mia tourne et retourne la même pensée dans sa tête. *Est-ce ma faute ?*

Elle n'aurait pas dû lancer le ballon dans la cour mais, cette fois encore, elle ne l'a fait que parce que Maïko lui a dit de le faire.

Peu importe à qui la faute, décide-t-elle. *Ce qui compte, c'est ce que nous allons faire ensuite.*

Lorsqu'elles atteignent enfin l'extrémité opposée de la cour, Maïko se laisse tomber sur le gazon. Mia et Sophie s'effondrent à côté d'elle.

— Vous devriez toutes les deux aller voir Mme Bonacci dès maintenant, dit Sophie après avoir repris son souffle. Expliquez-lui que c'était un accident. Elle comprendra.

Mia songe à ce que Mme Bonacci dira en voyant la fenêtre. Elle sera furieuse ! Mia n'a jamais eu d'ennui avec Mme Bonacci auparavant. C'est une pensée terrifiante.

Ce ne sera pas si terrible, se dit Mia, *puisque Maïko sera là, elle aussi. Et Maïko n'a peur de rien.*

Maïko se penche alors, avec un regard étrange.

— Quelqu'un nous a-t-il vues casser la fenêtre ? demande-t-elle.

Mia réfléchit.

— Non, dit-elle en secouant la tête. Il n'y avait personne dans la cour.

— Alors, où est le problème ? ajoute Maïko. Nous ne pouvons pas être accusées si personne n'a rien vu.

Maïko sourit en disant ça, comme s'il n'y avait pas lieu de s'inquiéter. Mais Mia a l'impression que Maïko ne se sent pas aussi courageuse qu'elle le prétend. *Je parie qu'elle s'inquiète d'avoir des ennuis pires encore qu'elle n'en a déjà eu dernièrement.*

— Maïko ! s'écrie Sophie, abasourdie. Vous *devez* dire ce qu'il s'est passé à Mme Bonacci.

Maïko plisse le nez.

— Pourquoi ? Ce n'est qu'une fenêtre. Ce n'est pas comme si quelqu'un avait été blessé. De toute façon, ce n'est pas pour *moi* que je m'inquiète.

— Pour qui t'inquiètes-tu, alors ? demande Sophie en fronçant les sourcils.

— En réalité, je m'en fais pour Mia, répond Maïko.

Mia la fixe d'un air surpris. Mais de quoi parle-t-elle ?

— J'ai l'habitude d'avoir des ennuis, explique Maïko. Mais Mia n'en a jamais, elle. Et Mme Bonacci peut être assez terrifiante lorsqu'elle se met en colère.

Mia écoute attentivement. Quelque chose ne colle pas dans l'histoire de Maïko.

Et, soudain, elle comprend. Maïko a peur. *Vraiment* peur ! Avouer le bris de la fenêtre serait certainement trop effrayant.

Mais Maïko a eu tellement d'ennuis dernière-ment, se dit Mia. Pas étonnant qu'elle s'inquiète de ce que dira Mme Bonacci.

C'est étrange. C'est un peu comme si Maï et moi avions échangé nos places. Elle est terrifiée, et je me sens courageuse !

— Qu'en penses-tu, Mia ? demande alors Sophie.

Mia arrache un brin d'herbe et l'entortille autour de son doigt en réfléchissant. Ce n'est pas facile. D'un côté, elle ne veut pas que Maïko ait plus d'ennuis. Mme Bonacci risque de ne JAMAIS lui permettre de retourner à son ancien pupitre. Mia ne veut vraiment pas que ça arrive. Premièrement, Maïko lui manquerait trop !

Mais, d'un autre côté, Mia sait au fond d'elle que tout avouer à Mme Bonacci est la chose à faire.

C'est une décision très difficile à prendre.

Mia lève enfin les yeux.

— Je crois que nous devons dire la vérité à Mme Bonacci, dit-elle.

Mia se sent mieux, à peine ces mots prononcés. Elle sait qu'il aurait été facile d'abonder dans le sens de Maïko. Personne ne les a vues casser la fenêtre, après tout.

Mais mentir à Mme Bonacci serait beaucoup plus difficile que lui dire la vérité. Car chaque fois que je la regarderai, je me sentirai vraiment très, très mal à l'aise.

Sophie sourit.

— Très bien, Mia, dit-elle. C'est ce que je pense, moi aussi !

Mais Maïko ne semble pas ravie, loin de là. En fait, elle paraît vraiment fâchée.

— C'est idiot! dit Maïko. Il n'y a aucune raison d'en parler à qui que ce soit. Je ne vais pas *te* dénoncer et je ne crois pas non plus que tu doives *me* dénoncer, Mia.

Mia fixe son amie du regard un long moment. Elle sent que Maïko a vraiment peur à cet instant. Et elle sait très bien ce que ça fait d'avoir vraiment peur. C'est horrible !

Mia hoche enfin la tête.

— Très bien, dit-elle doucement. Je n'en parlerai à personne.

Sophie secoue la tête avec un air déçu.

— Bon, je suppose que je ne dirai rien non plus à qui que ce soit, dit-elle. Mais j'espère que vous changerez d'idée.

Mia reste muette, mais elle se fait une promesse.

Je réglerai ce problème, d'une manière ou d'une autre!

Chapitre
huit

Mia bondit sur ses pieds en entendant la cloche sonner la fin du dîner.

— Je vais aux toilettes et je vous retrouve en classe !

Puis elle se précipite vers les sanitaires.

Je pensais me sentir soulagée de ne pas dénoncer Maïko, se dit-elle en marchant. Mais au lieu de ça, je me sens mal de ne pas dire la vérité.

Une fois aux toilettes, Mia se regarde dans le miroir. *Je dois convaincre Maïko de venir raconter à Mme Bonacci ce qu'il s'est passé,* décide-t-elle. *Ce sera beaucoup plus facile si nous lui parlons ensemble.*

Mia s'enferme dans une des toilettes pour réfléchir. Quelques secondes plus tard, elle entend la porte des sanitaires s'ouvrir et elle reconnaît les voix sur-le-champ. Ce sont Isabelle et Rebecca, deux filles de sa classe.

— Hé! As-tu entendu la nouvelle? demande Isabelle. Une des fenêtres de notre classe a été cassée! Je viens de voir Mme Bonacci. Elle portait une poubelle remplie de verre brisé. Elle paraissait folle de rage.

— Non! répond Rebecca. Qui a fait ça?

Mia retient son souffle. Quelqu'un les a peut-être vues casser la fenêtre, après tout...

— Personne ne le sait, répond Isabelle. Le responsable a simplement pris la fuite. C'est incroyable, n'est-ce pas ?

Mia entend l'eau couler aux lavabos.

— Je suppose qu'il avait peur, Mia entend-elle dire Rebecca par-delà le bruit de l'eau. Moi, je serais terrifiée si j'avais cassé une fenêtre.

— Moi aussi, avoue Rebecca. Mais je ne me serais pas enfuie. Seul un bébé ferait ça.

Mia reste figée. *Je me suis enfuie,* se dit-elle. *JE SUIS peut-être un bébé... ou une souris. Mia, la petite souris !*

Mia entend Isabelle et Rebecca sortir. Elle reste enfermée un long moment et se rend compte qu'à cet instant elle ne se sent plus du tout courageuse.

Elle se sent toute petite et effrayée.

Je voudrais rester ici à jamais ! se dit-elle. Mais, bien sûr, elle ne peut pas faire ça.

Mia sort lentement des toilettes et retourne en classe.

Mia se glisse sans bruit sur sa chaise, et Mme Bonacci arrive peu après. Généralement, elle sourit lorsqu'elle entre dans la classe. Mais, aujourd'hui, elle a l'air sérieux.

— Tout le monde assis, dit-elle lentement. Je suis sûre que vous avez déjà tous remarqué la fenêtre cassée. J'ai ramassé les morceaux de verre, mais attention aux petits éclats. Je ne veux pas que quelqu'un se coupe.

Brigitte lève la main.

— Qui a fait ça, Mme Bonacci? demande-t-elle.

Mme Bonacci secoue la tête.

— Je l'ignore. Le responsable ne s'est pas encore présenté.

Le silence s'installe. *Tout le monde attend de voir si quelqu'un va avouer!* se dit Mia.

Elle a la bouche sèche. *Devrais-je dire quelque chose?*

Elle aimerait se soulager le cœur. Certains secrets peuvent être agréables, mais celui-ci ne fait que la rendre mal à l'aise. Mia pense alors à Maïko. *Je ne peux pas me lever et dire que c'est nous, les coupables,* décide-t-elle. *Maï serait tellement fâchée.*

— Je sais que celui qui a lancé le ballon a dû éprouver une grande frayeur, ajoute Mme Bonacci. Il s'est sans doute enfui sans même y penser.

Hugo lève la main à son tour.

— Oui, Hugo?

— Mme Bonacci, le responsable doit être une poule mouillée et a trop peur pour avouer.

À ces mots, Mia se mord la lèvre. Il n'est pas agréable de se faire traiter de poule mouillée. Elle jette un coup d'œil à Maïko, se demandant ce qu'éprouve son amie.

— Eh bien, il peut parfois être difficile de dire la vérité, dit Mme Bonacci en haussant les épaules, et je ne m'attends pas à ce que quiconque vienne me la dire maintenant.

C'est peut-être un élève de cette classe qui a cassé la fenêtre. Comme ça peut être un élève d'une autre classe.

Quelque chose d'étrange se produit alors chez Mia. Elle se surprend en train de lever la main. Elle jette un coup d'œil sur sa gauche et voit Maïko lui lancer un regard nerveux. Mais Mia lève la main. Elle a une question.

— Oui, Mia?

— Mme Bonacci, si quelqu'un sait quelque chose, que doit-il faire? Je ne parle pas pour moi, s'empresse-t-elle d'ajouter. Je me demande, simplement...

— Eh bien, il devrait venir m'en parler quand il se sentira prêt, répond gentiment Mme Bonacci.

— Très bien. Oublions tous cette fenêtre pour l'instant et mettons-nous au travail, ajoute-t-elle en se tournant vers le tableau.

Mia ouvre son cahier d'exercices. Soudain, elle se sent beaucoup mieux. Elle sait maintenant ce qu'elle doit faire. Ce ne sera pas facile, mais elle sait que c'est la voie à suivre.

Lorsque j'en aurais le courage, j'irais dire à Mᵐᵉ Bonacci ce qu'il s'est passé, se dit-elle.

Il ne reste qu'un seul petit problème. Comment convaincre Maïko de l'accompagner?

Chapitre neuf

Après l'école, la mère de Jacques attend son fils et Mia devant la porte principale. La petite sœur de Jacques, Lily, est assise dans son siège porte-bébé à l'arrière de la voiture.

— Bonjour! leur dit gaiement la mère de Jacques. Mia, ta mère a demandé que tu restes chez nous pendant une petite heure, cet après-midi. Elle a des emplettes à faire.

Mia hoche la tête. D'habitude, elle aime aller chez Jacques. Il a de la très bonne musique et sa mère leur offre toujours de savoureuses collations.

Aujourd'hui, pourtant, elle aurait préféré rester seule. Après une telle journée, elle a beaucoup à penser. Mais il est difficile de réfléchir calmement auprès de Jacques. L'après-midi, son volume vocal est toujours réglé *très fort*!

Une fois arrivés, Mme Pang leur dit: «Pourquoi ne pas vous installer dans la cuisine pour faire vos devoirs? Si vous avez faim, j'ai du pain pita et une trempette».

— Super! Merci, m'man!

Mia et lui grignotent quelques pointes de pita, puis s'attaquent à leurs devoirs. Mme Pang leur verse un verre de jus et va changer la couche de Lily. Une fois sa mère partie, Jacques pose son crayon et regarde Mia d'un air grave.

— Bien, dit-il. Que se passe-t-il?

Mia hausse les épaules et fait semblant d'être concentrée sur son devoir.

— Que veux-tu dire? lui demande-t-elle, les yeux rivés sur son cahier.

— Mia Klein, insiste Jacques en haussant les sourcils. Depuis combien de temps sommes-nous voisins?

— Depuis une éternité, selon moi! répond Mia en souriant et en roulant les yeux.

— Exactement. Et depuis combien de temps est-ce que je te bats au ping-pong?

Mia ne peut s'empêcher de rire.

— Hum, tu ne m'as encore jamais battue, mais tu *essaies* depuis un an, environ.

— Bien. Tu dois donc savoir que tu peux me faire confiance, non? lui dit Jacques d'un ton sérieux.

Mia le fixe, le cœur battant.

— Te faire confiance pour quoi?

— Écoute, je sais que tes amies et toi avez quelque chose à voir avec cette fenêtre cassée. J'ai vu Maïko prendre le ballon de basket, ce midi, et je sais que vous traîniez dans la cour, près de la fenêtre. Et puis vous agissez de manière bizarre depuis ce midi. Alors, pourquoi ne pas simplement me dire ce qui s'est passé?

Mia pousse un soupir.

— Maïko et moi avons cassé la fenêtre, admet-elle. Mais c'était un accident.

Quel soulagement d'avoir dit à Jacques la vérité. Elle sait qu'il n'en parlera à personne.

Jacques hoche la tête.

— C'est bien ce que je croyais. Mais pourquoi ne pas l'avoir dit à Mme Bonacci ?

Mia soupire à nouveau.

— Je voulais le faire, mais je crois que Maïko a peur. Elle prétend que c'est moi qui suis terrorisée, mais je ne le suis pas. Je t'assure.

Jacques hausse les épaules.

— Je n'ai jamais pensé que tu pouvais avoir peur. Tu es l'une des personnes les plus courageuses que je connais.

Mia n'en croit pas ses oreilles !

— Vraiment? dit-elle, surprise.

— Ouais, affirme Jacques. Premièrement, tu as appris à surfer. Beaucoup des gens ont bien trop peur d'en faire autant. Et que dire de la semaine dernière, lorsqu'il y avait cette énorme araignée dans la voiture?

Tu l'as attrapée dans ta boîte à lunch et tu l'as libérée dans le jardin. Je serais incapable d'en faire autant.

— Mais je suis vraiment nerveuse de parler en classe, lui fait remarquer Mia. Tout le monde me surnomme Mia, la petite souris.

— Tu *étais* nerveuse, la corrige Jacques. Maintenant, tu lèves toujours la main.

Tu l'as encore fait aujourd'hui, tu t'en souviens? Maintenant, ce sont juste les fous qui te traitent de petite souris.

Mia sent le rouge lui monter aux joues. Ce que Jacques vient de dire lui semble un peu gênant. Mais c'est aussi formidable d'entendre quelqu'un dire de telles choses à son propos. Elle a travaillé dur pour devenir courageuse. C'est bon qu'il l'ait remarqué.

— Crois-tu *vraiment* que je suis courageuse ?

Jacques hoche la tête.

— Sans le moindre doute. Et je te parie tout ce que tu veux que tu trouveras le moyen de dire la vérité à Mme Bonacci sans que Maïko se mette en colère. Je sais que tu y arriveras.

Jacques a peut-être raison, se dit Mia en grignotant un bout de pita. *Il y a peut-être un moyen d'expliquer à Mme Bonacci ce qu'il s'est passé. Et peut-être puis-je y arriver et faire en sorte que Maï n'ait aucun ennui !*

Chapitre dix

Lorsque Mia arrive à l'école le lendemain matin, elle n'attend pas ses amies à l'entrée, comme elle le fait d'habitude. Elle se dirige plutôt vers la salle du personnel. Elle a quelque chose à dire à Mme Bonacci. Quelque chose d'important. Lui dire la vérité sera terrifiant, mais elle a pris sa décision.

Une fois devant la porte de la salle du personnel, Mia se sent prête à tourner les talons et à s'enfuir aussi vite que possible ! Mais elle ne le fait pas. Au lieu de cela, elle frappe fermement à la porte.

Mme Bonacci ouvre la porte et sourit.

— Bonjour Mia. Qu'y a-t-il ?

Mia prend une profonde inspiration.

— Mme Bonacci, dit-elle, je dois vous parler. C'est à propos de la fenêtre cassée.

Mme Bonacci a d'emblée l'air sérieux. Elle sort dans le corridor et ferme la porte.

— Je t'écoute, Mia, dit-elle doucement.

— C'est moi qui l'ai cassée, dit Mia en parlant très vite. Je jouais avec le ballon de basket et, par erreur, il est passé par la fenêtre. Je sais que j'aurais dû vous en parler tout de suite, mais j'ai paniqué et je me suis enfuie. Je suis sincèrement désolée.

Mme Bonacci reste silencieuse pendant un moment. Puis elle pousse un soupir.

— Mia, je ne peux m'empêcher de penser que tu essaies de protéger quelqu'un d'autre. Sans doute la personne avec qui tu jouais au ballon. C'est tout à ton honneur, mais je dois vraiment connaître la vérité.

Je peux tout arranger!

Mia sent son cœur se serrer. Elle avait espéré pouvoir tout régler en disant que c'était elle qui avait cassé la fenêtre.

Mais ce ne serait pas si facile, après tout !

— Que faire si l'autre personne est terrifiée ? chuchote-t-elle.

— C'est délicat, admet Mme Bonacci. Mais tu dois peut-être montrer à l'autre à quel point tu es courageuse. Peut-être alors se sentira-t-elle plus courageuse, elle aussi.

Mia se sent un peu mieux après avoir parlé à Mme Bonacci et elle lui fait un petit signe de la main en se dirigeant vers sa classe. À l'instant où elle entre dans la salle, Maïko se précipite vers elle, les sourcils froncés.

— Où étais-tu ?

Mia hésite.

Elle s'apprête à mentir à Maïko. *Mauvaise idée,* se dit-elle.

— Je suis allée dire à Mme Bonacci ce qui s'est passé hier.

Le visage de Maïko vire d'un coup au rouge.

— Mais ne t'en fais pas, ajoute Mia. J'ai dit que c'était entièrement ma faute.

— Je ne peux pas croire que tu as fait ça ! dit Maïko, en colère. Je pensais que nous avions décidé de ne rien dire.

— J'ai promis de ne pas *te* dénoncer, lui fait remarquer Mia. Et je ne l'ai pas fait. Je me suis seulement dénoncée moi-même.

Mais Maïko ne paraît pas soulagée pour autant.

Pourquoi Maïko est-elle si fâchée?

— Je parie que Mme Bonacci n'a pas cru que tu avais cassé la fenêtre à toi toute seule, dit-elle.

— Eh bien, non, elle ne l'a pas cru, admet Mia. Mais elle n'était pas en colère. Elle voulait seulement entendre la vérité. De ma bouche et de celle de la personne avec qui je jouais lorsque c'est arrivé.

Maïko pose les mains sur ses hanches.

— Très bien. Tu sais ce qui arrivera si Mme Bonacci apprend la vérité. Je vais avoir de terribles ennuis ! Je te croyais mon amie, Mia, ajoute-t-elle.

Mia est sous le choc. Maïko ne lui a jamais parlé comme ça et elle semble penser qu'elles ne sont plus amies ! Mia se sent sur le point de fondre en larmes.

Mia sent alors la colère monter en elle. Elle est furieuse ! Elle fait l'impossible afin d'arranger les choses pour tout le monde, et pour la remercier, Maïko se fâche ! Mia est si furieuse qu'elle laisse éclater sa colère.

— Maïko, tu es injuste, crie-t-elle. Je ne veux plus mentir à propos de cette fenêtre. Ça me fait me sentir mal. Tu devrais venir avec moi pour que nous puissions dire la vérité à Mme Bonacci. Cette situation est stupide et je veux la régler. Je sais que tu as peur, même si tu ne veux pas l'admettre. Mais j'en ai marre de me sentir coupable. Et je parie qu'au fond de toi, tu en as assez toi aussi !

Lorsque Mia se tait, Maïko la fixe, bouche bée. Elle semble avoir plein de choses à dire, mais rien ne sort.

Mme Bonacci arrive sur ces entrefaites, et Maïko, très en colère, part vite s'asseoir à son pupitre.

Maïko n'est maintenant plus la seule à être fâchée ! se dit Mia d'un air maussade.

RETOURNER POUR LIRE LA VERSION DE MAÏKO

Si tu ne l'as pas encore lue, passe à la version de Maïko.

RETOURNER POUR LIRE LA VERSION DE MIA

Si tu ne l'as pas encore lue,
passe à la version de Mia.

Vérité ou conséquence?

PAR
MEREDITH BADGER

TRADUCTION DE MARTINE PERRIAU
RÉVISION DE AUDREY BROSSARD

ILLUSTRATIONS DE MEGAN JO NAIRN ET ASH OSWALD
INSPIRÉES DES ILLUSTRATIONS DE ASH OSWALD

INFOGRAPHIE DE DANIELLE DUGAL

Catalogage avant publication de Bibliothèque et Archives nationales du Québec et Bibliothèque et Archives Canada

Badger, Meredith

    Vérité ou conséquence?

    (Go girl!)

    Traduction de : Truth or Dare ; Two sides to every story.

    Pour les jeunes.

    ISBN 978-2-7625-9340-2

    I. Badger, Meredith. II. Perriau, Martine. III. Titre. IV. Collection : Go girl!.

Truth or Dare ; Two sides to every story de la collection GO GIRL !
Copyright du texte © 2008 Meredith Badger
Logo, maquette et illustrations © 2008 Hardie Grant Egmont
Couverture : illustrations de Ash Oswald
Intérieurs : illustrations de Megan Jo Nairn et de Ash Oswald
Le droit moral de l'auteur est ici reconnu et exprimé.

Version française
© Les éditions Héritage inc. 2011
Traduction de Martine Perriau
Révision de Audrey Brossard
Infographie : D.sim.al/Danielle Dugal

Nous reconnaissons l'aide financière du gouvernement du Canada par l'entremise du Fonds du livre du Canada (FLC) pour nos activités d'édition.

Nous reconnaissons l'aide financière du gouvernement du Québec par l'entremise du Programme de crédit d'impôt pour l'édition du livre – SODEC.

Chapitre un

— Bien, dit Mme Bonacci. Voyons si vous pouvez répondre aux questions inscrites au tableau avant la fin du cours.

Maïko regarde l'horloge derrière sa professeure et elle fronce les sourcils. *Cette horloge ne fonctionne sans doute plus,* se dit-elle. Il est 14 h 50 depuis déjà une heure !

Maïko est impatiente que la journée finisse. Ce soir, ses meilleures amies, Mia et

Sophie, viennent passer la soirée et dormir chez elle. Ce sera super!

À côté d'elle, Mia travaille fort, comme toujours. Elle ne semble jamais avoir envie de se tortiller, contrairement à Maïko.

Maïko donne un coup de coude à son amie.

— Hé, Mia, murmure-t-elle, as-tu hâte d'être à ce soir?

Mia hoche la tête, sourit, puis elle se concentre à nouveau sur sa page.

Maïko pousse un soupir. C'est si ennuyant! *J'aimerais aller chaque jour à l'école de cirque et une seule soirée par semaine à l'école normale, plutôt que l'inverse,* se dit-elle. *Ce serait bien plus amusant.*

Puis elle se met à faire tournoyer son crayon entre ses doigts.

— Hé, Sophie, dit Maïko en poussant du coude son autre amie. Pendant combien de temps crois-tu que je peux faire tourner mon crayon ?

Hé, Sophie! Regarde par ici!

Sophie lève les yeux vers elle, et Maïko fait faire encore un tour à son crayon. Oups !

Le crayon lui échappe des doigts et tombe par terre avec un bruit sec. Sophie sourit et secoue la tête.

Maïko ramasse vivement son crayon en espérant que leur professeure n'ait rien entendu, mais Mme Bonacci vient d'emblée vers elle.

Maïko regarde sa page, l'air nerveux. Il y a huit questions au tableau et elle n'a encore répondu qu'à une seule !

Mme Bonacci regarde par-dessus l'épaule de Maïko et fronce les sourcils.

— Tu ne sembles pas travailler très fort, Maïko, dit-elle. Concentre-toi et voyons à combien de questions tu pourras répondre

dans le dernier quart d'heure. Et cesse de distraire Mia et Sophie, je te prie.

Oui, Mme Bonacci, répond Maïko.

Ne pense qu'à ton travail, ne pense qu'à ton travail, se dit-elle, les yeux fixés sur sa feuille.

Mais elle n'y arrive pas. Une autre pensée surgit alors dans sa tête. Elle *doit* en faire part à quelqu'un.

Elle essaie d'abord d'attirer l'attention de Sophie en la poussant du pied. Mais celle-ci s'écarte et continue de travailler. Maïko pousse alors Mia du bout du doigt. Mia lève les yeux.

— Hé, Mia, chuchote-t-elle. Maman nous prépare des tempuras ce soir.

— C'est quoi, des tempuras? lui demande Mia dans un murmure.

— Ce sont comme de beignets de poisson et des frites, mais à la japonaise. C'est
délicieux! explique Maïko. En plus, il y
aura...

Mais Maïko n'a pas le temps de terminer
sa phrase. Elle sent soudain une main sur
son épaule. Elle lève les yeux et croise le
regard *furieux* de Mme Bonacci.

Chapitre deux

— Maïko Takasaka, qu'est-ce que je *viens* de te dire ?

— Vous m'avez dit de me concentrer et de travailler, dit lentement Maïko.

— Je t'ai aussi demandé d'arrêter de distraire les autres.

— Je suis désolée, Mme Bonacci, répond Maïko, mal à l'aise.

Elle n'a jamais voulu être méchante.

C'est juste qu'il lui arrive de s'ennuyer un peu. Bon, d'accord, elle s'ennuie *beaucoup*.

— Je vous assure que ça n'arrivera plus, ajoute-t-elle.

— En effet, ça n'arrivera plus, acquiesce Mme Bonacci, car je vais t'éloigner de Mia et de Sophie. Lève-toi, s'il te plaît.

Maïko sent son cœur se serrer. Elle ne veut pas changer de place !

— S'il vous plaît, Mme Bonacci, permettez-moi de rester ici, la supplie Maïko. Je vous promets de travailler très fort.

Mais Mme Bonacci a manifestement pris sa décision.

— Prends tes affaires et va t'asseoir à côté de Brigitte, lui dit-elle en secouant la tête.

Maïko prend donc ses affaires et va lentement à son nouveau pupitre. Elle ne tient vraiment pas à être assise près de Brigitte. Mais elle sait qu'elle aura *encore plus* de problèmes si elle argumente à ce sujet.

Maïko pose son cahier et sa trousse sur son nouveau pupitre.

— Combien de temps devrai-je rester ici, Mme Bonacci ? demande Maïko.

— Jusqu'à ce que je décide de te renvoyer à ta place.

— Et n'essaie pas non plus de me distraire, murmure Brigitte après que Mme Bonacci s'est éloignée. Je ne tiens pas à avoir des ennuis.

Maïko pousse un soupir, tout doucement. Elle ne veut pas rendre Mme Bonacci encore plus en colère qu'elle ne l'est déjà ! Et elle tient à retrouver son ancienne place dès que possible.

Travailler, c'est déjà ennuyant, mais ça l'est encore plus quand on est loin de ses amies !

Bon, c'est terminé, se dit Maïko. *Fini les idioties et les sottises. J'en ai marre d'avoir sans cesse des ennuis.*

Ce sera difficile, mais Maïko sait qu'elle peut y arriver. Du moins, elle espère y arriver !

Chapitre trois

Le soir venu, Maïko a chassé de son esprit la mauvaise journée qu'elle a eue. Elle ne s'en fait jamais très longtemps. Et il était d'autant plus facile d'oublier les choses désagréables quand ses amies et elle font une soirée pyjama !

— Que pourrions-nous faire, maintenant ? demande-t-elle en faisant le poirier contre le mur de sa chambre.

Bien qu'elles sortent à peine de table, Maïko, Sophie et Mia sont déjà en tenue de nuit. Elles ont toutes convenu que ça faisait plus *soirée pyjama* ainsi !

— Mettons de la musique et dansons, propose Mia.

— Bonne idée ! s'exclame Maïko, en se redressant sur ses pieds. Oh, non, impossible ! Maman m'a demandé de ne pas faire trop de bruit, parce que mon frère fait ses devoirs.

Sophie roule les yeux.

— Mon frère Lionel *prétend* qu'il travaille alors qu'en réalité il joue à l'ordinateur.

— Kaï fait la même chose, dit Maïko en riant. Les frères sont si rusés !

Sophie s'assoit soudain.

— Jouons à «Vérité ou conséquence?»,
dit-elle, tout excitée. Si vous choisissez
Vérité, je vous pose une question à laquelle
vous devez répondre sans mentir. Si vous
choisissez *Conséquence*, je décide d'un défi
que vous devez relever.

Maïko sourit.

— Super! Qui veut commencer?
demande-t-elle en regardant autour d'elle.

À sa grande surprise, Mia fronce les
sourcils.

— Pourquoi pas toi, Mia?

Mais Mia secoue la tête.

— Non, vas-y toi, Maï, lui dit-elle.

— D'accord, fait Maïko d'un ton joyeux.

Mia ne veut peut-être pas jouer, mais
Maïko, oui!

— Que choisis-tu ? demande Sophie.

Maïko roule les yeux.

— Une CONSÉQUENCE, bien sûr !
répond-elle. La vérité, c'est beaucoup
trop facile.

Sophie pointe du doigt le masque de
clown de Maïko.

— Très bien... Tu dois mettre ce
masque, te faufiler par la fenêtre et aller
regarder par la fenêtre de ton frère, dit
Sophie. S'il sursaute, tu auras réussi ta
conséquence.

D'emblée, Maïko attrape le masque et
ouvre la fenêtre.

— Suivez-moi et regardez ! dit-elle en
riant. Je vais faire bondir Kaï si haut qu'il va
se cogner la tête au plafond !

Maïko remarque alors que Mia semble vraiment préoccupée.

Pauvre Mia. Elle est réellement effrayée! se dit-elle. *Et je crois savoir pourquoi.* Il faut faire preuve de courage pour relever un défi ou même pour seulement y assister.

Et Mia est timide. À l'école, on la surnomme «Mia, la petite souris».

Mia préfère sans doute rester dans ma chambre, décide Maïko.

— Hé, Mia, dit-elle alors, peux-tu rester ici pour surveiller? Si mes parents viennent, dis-leur que nous nous brossons les dents.

Mia reste silencieuse un moment, puis elle hoche la tête et répond: «D'accord.»

Maïko sourit intérieurement. Elle sait que Mia est contente d'avoir une bonne excuse pour ne pas les suivre !

Maïko se glisse facilement par la fenêtre, puis elle aide Sophie à en faire autant.

— Bien, le masque, maintenant, dit-elle en mettant le masque de clown.

Sophie et elle se faufilent discrètement de l'autre côté de la maison, en faisant très attention de ne pas faire de bruit.

— Laquelle est la fenêtre de ton frère ? lui demande Sophie en chuchotant.

— Celle-ci, répond Maïko en pointant une fenêtre du doigt. Suis-moi, mais sans faire *le moindre* bruit. Si mes parents nous

attrapent dehors à cette heure-ci, j'aurai de gros ennuis.

Une fois arrivée à la fenêtre de Kaï, Maïko lève la main pour arrêter Sophie.

Avec beaucoup de précautions, elle regarde alors dans la chambre de son frère.

Elle voit Kaï, assis devant son ordinateur, et se retient d'éclater de rire. Sophie avait raison! Il *joue*. Les frères sont peut-être rusés, mais les sœurs peuvent l'être aussi!

La fenêtre est entrouverte. *Parfait!* Maïko ajuste son masque de clown sur son visage, puis elle dit, d'une voix étrange et haute per- chée: «Pourquoi ne fais-tu pas tes devoirs, petit garçon?»

Kaï pivote sur sa chaise.

— Qui est-ce? s'écrie-t-il.

— Un monstre! grogne Maïko, en essayant de ne pas rire.

Elle se retourne alors et part en courant, Sophie sur les talons.

— Maïko, je sais que c'est toi! crie Kaï.

Il semble fâché, mais Maïko croit l'entendre rire aussi.

Sophie et elle reviennent au pas de course à la fenêtre de Maïko. Mia les aide à se glisser dans la chambre, puis toutes les trois s'effondrent par terre, riantes et à bout de souffle.

— Vous l'avez fait? leur demande Mia.

— Oui! dit en riant Sophie, qui tenait encore le masque que Maïko avait abandonné dans le jardin. Kaï en est presque tombé de sa chaise. C'est la chose la plus drôle que je n'ai jamais vue!

Je crois avoir trouvé mon nouveau jeu préféré,
se dit Maïko en souriant intérieurement.
J'espère que nous y rejouerons bientôt.

Chapitre quatre

En déposant Maïko à l'école, le lundi matin, sa mère lui envoie un baiser et lui dit : «Travaille bien et sois sage, mon ange!»

— J'*essaie* toujours d'être sage, maman, explique Maïko en sortant de la voiture. Mais, parfois, les choses tournent mal. En particulier les lundis.

Maïko déteste les lundis.

Il lui paraît d'autant plus difficile de rester assise sans bouger après un week-end entier à courir et à faire ce qu'on veut.

C'est encore pire maintenant que je ne suis plus assise avec mes amies, se dit Maïko d'un air lugubre. La journée sera longue et ennuyante.

Ce matin, Mme Bonacci emmène ses élèves au laboratoire d'informatique. Elle veut qu'ils terminent les présentations animées sur l'océan qu'ils ont commencées la semaine dernière.

La moitié du cours s'est écoulée lorsque Maïko regarde autour d'elle et se rend compte que tous les autres ont déjà presque fini leur travail.

Il me reste encore beaucoup à faire, se dit-elle. *Il est temps d'accélérer le mouvement!*

Maïko tente de bouger la souris, mais rien ne se passe. Elle fronce les sourcils. *Oh-oh, l'ordinateur a gelé!*

Elle lève la main pour demander de l'aide, mais Mme Bonacci est occupée avec Hugo et elle ne la remarque pas.

— Hé, Brigitte, chuchote Maïko. Peux-tu m'aider?

Brigitte ne la regarde même pas.

— Demande à Mme Bonacci, lui dit-elle. Je n'ai pas le temps.

Maïko pousse un soupir. Brigitte peut parfois se montrer si égoïste!

Maïko voit Sophie et Mia qui travaillent fort, de l'autre côté de la salle.

Hé ! se dit alors Maïko. *Mia pourra m'aider !*

Elle essaie d'attirer l'attention de son amie en lui faisant un signe de la main, mais Mia ne le voit pas.

Maïko a soudain une idée. Elle déchire rapidement une page de son cahier et la plie de manière à former un avion. Elle vise soigneusement, puis elle le lance vers Mia.

L'avion s'envole à toute allure, fait une boucle parfaite, continue de planer, et se dirige tout droit vers la table de Mia.

Mais soudain, plutôt que d'atterrir à côté de son amie, il reste coincé dans les cheveux de Francis !

Maïko met sa main devant sa bouche pour ne pas éclater de rire.

Francis a l'air si drôle. Mais ce qui ne l'est pas du tout, en revanche, c'est que Mme Bonacci est assise à côté de lui.

Peut-être que personne n'a rien vu, se dit Maïko avec optimisme. Mais quelques secondes plus tard, Hugo lève les yeux et pouffe de rire.

— Hé, Francis ! Depuis quand t'es-tu transformé en aéroport ?

Mme Bonacci se retourne. *Oh-oh !* se dit Maïko, l'estomac noué. Lancer des avions de papier va nettement à l'encontre des règlements !

Mme Bonacci s'empare de l'avion dans les cheveux de Francis.

— Qui a lancé ça ?

Maïko ouvre la bouche pour dire que c'est elle, mais elle se ravise.

Je n'ai pas à dire quoi que ce soit, se dit-elle. *Personne ne m'a vue lancer l'avion. Je n'ai qu'à prétendre ne pas l'avoir fait.*

Mme Bonacci est déjà en colère contre elle ces jours-ci. Avouer avoir lancé l'avion ne ferait qu'aggraver la situation. Maïko reste donc muette, les yeux rivés au plancher.

Au bout d'un moment, Mme Bonacci pousse un soupir.

— Je suis très déçue que personne n'ait le courage d'avouer, dit-elle.

Maïko fronce les sourcils. *Bien sûr que j'en ai le courage !* se dit-elle farouchement. Lentement, elle lève la main.

— C'est moi, Mme Bonacci. J'avais besoin d'aide à l'ordinateur.

— Ce n'est pas une raison pour ne pas respecter les règles, réplique Mme Bonacci, l'air vraiment fâché. Pourquoi ne pas avoir simplement levé la main et attendu ton tour, comme tout le monde?

Maïko sent la colère monter en elle. À quoi bon avouer si on se fait réprimander de toute façon?

— Je prévoyais te renvoyer à ta place habituelle ce matin, Maïko, continue Mme Bonacci, mais je pense maintenant que tu ferais mieux de rester à ton nouveau pupitre lorsque nous regagnerons notre salle de classe. Et, Maïko, si je te surprends encore à faire la moindre bêtise, tu auras de sérieux problèmes!

Maïko s'écrase sur sa chaise. Son visage est brûlant, et elle sait que tout le monde la regarde.

La preuve est faite! se dit-elle en maugréant intérieurement. *J'aurais dû me taire.*

Chapitre cinq

Lorsque sonne enfin l'heure du lunch, Maïko est la première à attraper son repas et à se précipiter dehors.

— Allons manger sous notre arbre, dit-elle à Sophie et à Mia.

Elle attrape alors un ballon de basket dans la boîte de matériel de sport et le fait rebondir. Elle se sent déjà mieux après cette horrible matinée.

Les filles se dirigent vers leur endroit favori, sous un grand arbre touffu dans la petite cour derrière l'école.

Les trois amies ont convenu depuis longtemps que c'est l'endroit parfait pour bavarder, car il n'y a généralement personne. Le seul inconvénient, c'est qu'il est interdit d'y jouer au ballon, car trop de fenêtres donnent sur la petite cour. Elles viennent donc souvent manger ici, avant d'aller jouer dans la grande cour carrée.

Aujourd'hui, elles ont leur endroit préféré à elles toutes seules. Maïko se met à faire le poirier.

— Je suis si contente que ce soit l'heure du dîner ! dit-elle. Si Mme Bonacci s'était

fâchée contre moi une fois de plus, je crois que ma tête aurait explosé !

— Tu devrais peut-être arrêter de faire sans cesse des bêtises, dit Sophie en prenant un air sévère et en agitant son doigt à la manière d'un professeur.

Maïko sourit.

— Tu veux dire des bêtises comme ça ? fait-elle en louchant et en essayant de faire tourner le ballon sur son doigt.

Ses amies éclatent de rire.

— Que diriez-vous de jouer à « Vérité ou conséquence ? », demande alors Mia.

— Super ! s'exclame Maïko, ravie, mais aussi un peu surprise.

Je pensais que Mia détestait ce jeu, se dit-elle. *Elle n'a même pas voulu y jouer la dernière fois.*

Elle est adorable — elle a suggéré ça en sachant que Sophie et moi adorons y jouer.

— Sophie, c'est à ton tour, dit-elle en tapotant l'épaule de son amie.

— D'accord. Alors je choisis une conséquence, dit Sophie en souriant.

Maïko réfléchit. Elle veut choisir un défi aussi difficile que celui que Sophie lui a imposé l'autre soir ! Une idée lui vient alors à l'esprit. Nicolas, le frère de Mia, est toujours agréable envers elle et Sophie lorsqu'elles vont chez leur amie. À l'école, cependant, il les ignore parce qu'elles sont une année plus jeunes que lui.

Hum, se dit Maïko. *J'ai trouvé !*

— Sophie, je te mets au défi d'aller trouver le frère de Mia et de l'inviter à ton

prochain anniversaire ! dit-elle en donnant un petit coup de coude à son amie. Et ton défi ne sera réussi que s'il accepte ton invitation.

Mia se met à rire, tandis que Sophie vire au rouge.

— Mais il est avec ses amis ! C'est beaucoup trop gênant. Et puis, je viens *tout juste* de fêter mon anniversaire !

Maïko hausse les épaules.

— C'est ton défi, dit-elle. Vas-tu le relever ou as-tu trop peur de le faire ?

Sophie hoche la tête, se lève et annonce : «Très bien ! Je vais le faire ! »

Maïko se cache au coin du mur et regarde Sophie se diriger vers l'endroit où Nicolas joue avec ses amis.

Ce sera un super défi!

— Crois-tu qu'elle ira jusqu'au bout? demande-t-elle à Mia.

— Je ne sais pas. J'espère seulement que *mon* défi ne sera pas aussi gênant.

Maïko la regarde d'un air étonné.

— Attends ! Tiens-tu *vraiment* à choisir une conséquence ?

— Mais bien sûr ! répond Mia avec un sourire timide.

Eh bien ! Mia devient bien courageuse, se dit Maïko. Elle sourit à son amie. « Très bien, tu seras la prochaine alors. »

— Hé ! lui dit soudain Mia. Tu devrais aller t'assurer que Sophie relève bien son défi. Je vais attendre ici pour que Nicolas ne découvre pas le pot aux roses.

Maïko hoche la tête.

— Tu as raison. Je devrais aller m'en assurer.

Maïko se faufile sans bruit derrière un arbre près de l'endroit où Nicolas joue au

baseball, et elle voit Sophie s'approcher de lui. Maïko sourit. Elle est arrivée juste à temps!

— Salut, Nicolas, dit Sophie.

Maïko doit prendre sur elle pour ne pas rire. *Je ne peux pas croire que Sophie le fasse réellement!* se dit-elle.

— Salut, Sophie. Quoi de neuf?

— Eh bien... j'ai quelque chose à te demander, lui lance Sophie, en bégayant quelque peu.

— Ah, oui? Quoi?

Tous ses amis se sont arrêtés de jouer, curieux d'en savoir plus. Maïko voit Sophie inspirer profondément.

— Accepterais-tu de venir à mon anniversaire? lui demande-t-elle rapidement.

Nicolas semble d'abord étonné, puis il sourit.

— Bien sûr, pourquoi pas? dit-il en rougissant.

Il semble en fait plutôt ravi de l'invitation! Puis tous ses amis se mettent à rire.

— Hé, pouvons-nous venir, nous aussi? les taquinent-ils.

Sophie sourit. « Bien sûr! Mais ce ne sera que dans onze mois! »

Sophie tourne alors les talons et repart en courant vers la petite cour.

Maïko la suit en riant.

— Bravo, Sophie! lui dit-elle, tandis que les deux amies se laissent tomber sur le banc à côté de Mia. Tu as réussi!

— C'était *terriblement* embarrassant, dit Sophie en riant. Mais c'était aussi plutôt amusant.

Chapitre six

Maïko regarde Mia et constate qu'elle paraît un peu nerveuse. *Mais elle a dit qu'elle voulait relever un défi, se rappelle Maïko. Je suppose qu'elle le veut vraiment!*

— Bon, à toi, Mia, dit-elle. Que choisis-tu? Vérité ou conséquence?

Mia reste muette. Sophie lance un regard étrange à Maïko, qui devine à quoi elle pense. Sophie croit que Mia va se dégonfler!

J'adore les doubles défis!

— Tu peux choisir la vérité, tu sais, lui dit gentiment Maïko. C'est beaucoup plus facile que relever un défi.

Mais Mia secoue la tête. «Je choisis la conséquence». Elle l'a dit haut et fort, mais Maïko croit percevoir un léger tremblement dans sa voix.

Mia est manifestement nerveuse. Comment puis-je lui rendre la chose plus facile?

Une idée brillante lui vient alors à l'esprit.

— Hé, pourquoi ne pas faire un *double* défi? propose-t-elle.

— Bonne idée! acquiesce Sophie.

— C'est quoi, un double défi? leur demande Mia, perplexe.

— C'est lorsque deux personnes relèvent un défi ensemble, lui explique Sophie.

— Exact! ajoute Maïko. Donc, Mia, tu choisis le défi et je le relèverai avec toi.

Mia reste silencieuse, semblant y réfléchir. Puis elle sourit et hoche la tête.

— D'accord, allons-y, dit-elle timidement.

— Super, s'exclame Maïko. Alors, quel sera notre défi ? Ça ne doit pas être obligatoirement embarrassant. Juste un peu difficile à faire.

Maïko attend pendant que Mia réfléchit.

— J'ai trouvé ! s'écrie-t-elle enfin en s'emparant du ballon de basket. Maï, toi et moi devrons nous rendre là où jouent Francis, Jacques et les autres garçons de notre classe. Nous devrons leur faire le pari que toi et moi, nous pouvons tous les battre au basket.

Maïko fronce les sourcils. Elle voit d'emblée que ce défi pose problème.

— Mais qu'arrivera-t-il s'ils acceptent le pari ?

— Alors, nous n'aurons qu'à jouer! dit Mia en haussant les épaules.

Maïko éclate de rire. Ce défi est complètement fou!

— Voyons, Mia! Nous n'avons aucune chance de les battre tous.

— Peu importe, réplique Mia en souriant. Ce sera amusant, de toute façon.

Maïko n'a pas besoin d'en entendre plus pour être convaincue. Mia a raison. Même si elles perdent, ce sera très amusant de jouer contre les garçons.

Elle bondit sur ses pieds et frotte sa jupe.

— Très bien, je suis prête!

— Qu'attendons-nous?

Mia bondit sur ses pieds. «Viens nous encourager, Sophie!»

Maïko a alors une idée. *Nous devrions nous échauffer.* Elle part devant en courant et se retourne.

Elles sont toujours dans la petite cour, mais il y a amplement d'espace pour ce qu'elle a prévu de faire.

— Hé, Mia! Entraînons-nous d'abord, crie-t-elle. Lance-moi le ballon aussi fort que tu peux.

Mia hésite un instant. Puis elle vise et lance le ballon aussi fort qu'elle le peut à Maïko.

À cet instant, un vent violent fait voler les cheveux de Maïko devant ses yeux. Maïko secoue sa tête rapidement pour voir à nouveau et essaie d'attraper le ballon, mais il est trop tard. Il passe au-dessus de son épaule!

CRAC !

Le ballon a fracassé une des fenêtres de la salle de classe ! De *leur* salle de classe ! Des éclats de verre tombent en tintant sur le sol.

Le cœur de Maïko se met à battre la chamade. Sans même y penser, elle attrape ses amies par le bras.

— Partons ! Vite, avant que quelqu'un ne nous voie !

Puis elle se met à courir aussi vite que possible.

Chapitre
sept

Maïko continue de courir jusqu'à l'extrémité opposée de la cour, puis elle s'effondre
sur le gazon. Mia et Sophie se laissent tomber à ses côtés.

Les pensées de Maïko tourbillonnent
dans sa tête. Elle n'a encore jamais couru
aussi vite. Comme c'est étrange. Elle sait
qu'elle n'aurait pas dû faire ça, mais elle est
heureuse de l'avoir fait.

Elle ne tient pas à s'attirer de *nouveaux* ennuis.

Sophie vient alors tout gâcher.

— Vous devriez aller voir Mme Bonacci toutes les deux dès maintenant. Expliquez-lui que c'était un accident. Elle comprendra.

Maïko y réfléchit et elle sent d'emblée son estomac se crisper. Mme Bonacci sera hors d'elle. Elle risque même d'appeler ses parents !

Maïko se mord la lèvre. Elle ne tient pas du tout à dire à Mme Bonacci ce qu'elles ont fait.

Une pensée surgit alors à son esprit. *Je n'aurai peut-être pas à le lui dire !*

Plus elle y pense, plus l'idée lui semble bonne.

— Quelqu'un nous a-t-il vues casser la fenêtre?

Mia secoue la tête.

— Non. Il n'y avait personne dans la cour.

— Alors, où est le problème? ajoute Maïko.

Elle sourit intérieurement, malgré son estomac noué. Mentir n'est pas dans ses habitudes! «Nous ne pouvons pas être accusées si personne n'a rien vu.»

Mais Maïko se sent encore plus mal à l'aise en croisant le regard de Sophie, qui a l'air abasourdie!

— Maïko! Vous *devez* dire ce qui s'est passé à Mme Bonacci.

Maïko plisse le nez et tente de faire passer Sophie pour folle.

Il n'y a qu'à faire comme si de rien n'était!

— Pourquoi? Ce n'est qu'une fenêtre. Ce n'est pas comme si quelqu'un avait été blessé.

Maïko jette un coup d'œil à Mia, qui est toute pâle.

Je parie qu'elle aussi a peur d'en parler à Mme Bonacci, se dit-elle. *Elle est sans doute encore plus nerveuse que moi. Je lui fais une réelle faveur en ne disant rien.*

— De toute façon, ce n'est pas pour *moi* que je m'inquiète, ajoute-t-elle, rapidement.

— Pour qui t'inquiètes-tu, alors? demande Sophie en fronçant les sourcils.

— En réalité, je m'en fais pour Mia, explique Maïko, le cœur battant la chamade. J'ai l'habitude d'avoir des ennuis. Mais Mia n'en a jamais, elle. Et Mme Bonacci peut être assez terrifiante lorsqu'elle se met en colère.

— Qu'en penses-tu, Mia? demande alors Sophie.

Mia arrache un brin d'herbe et l'entortille autour de son doigt. Maïko retient sa respiration. Que va dire son amie? *Je t'en prie, abonde dans mon sens!* supplie Maïko en elle-même. *Je ne peux pas me permettre d'avoir encore des ennuis aujourd'hui. Mme Bonacci ne me laissera plus m'asseoir avec mes amies de toute la session!*

Mia prend enfin la parole.

— Je crois que nous devons dire la vérité à Mme Bonacci.

Maïko la regarde, n'en croyant pas ses oreilles. Impossible! Elle ne l'aurait jamais crue capable de dire ça. Elle pensait que Mia aurait trop peur de dire la vérité.

— Très bien, Mia, dit Sophie en souriant. C'est ce que je pense, moi aussi!

Nous n'avons qu'à nous taire!

Ces paroles mettent Maïko encore plus en colère. Ses amies semblent se liguer contre elle et *souhaiter* qu'elle ait encore plus d'ennuis! Elle ne les aurait jamais crues aussi méchantes. Maïko essaie de garder son calme, mais elle n'y parvient pas.

— C'est idiot ! s'écrie-t-elle, furieuse. Il n'y a aucune raison d'en parler à qui que ce soit. Je ne vais pas *te* dénoncer et je ne crois pas non plus que tu doives *me* dénoncer, Mia.

Mia la regarde, mais reste silencieuse un moment.

— Très bien, dit-elle enfin doucement en hochant la tête. Je n'en parlerai à personne.

Sophie secoue la tête, manifestement déçue de l'attitude de ses amies.

— Bon, je suppose que je ne dirai rien non plus à qui que ce soit, dit-elle. Mais j'espère que vous changerez d'avis.

Maïko se sent mal. Il n'est pas agréable de voir Sophie fâchée contre elle.

Mais, d'un autre côté, elle ne peut s'empêcher de se sentir soulagée.

Dans peu de temps, tout le monde aura oublié cette histoire ridicule ! se dit-elle. *Ce sera comme si rien n'était arrivé, et Mme Bonacci pourra me rendre mon ancien pupitre.*

Chapitre
✳ huit ✳

Mia bondit sur ses pieds en entendant la cloche sonner la fin du dîner.

— Je vais aux toilettes et je vous retrouve en classe !

Sophie et Maïko retournent ensemble vers l'école, et Sophie reste silencieuse jusqu'à ce qu'elles arrivent devant la porte de leur classe.

Elle se tourne alors vers Maïko et lui dit :

— Si tu as peur d'en parler à Mme Bonacci, tu n'as qu'à le dire.

Maïko devient toute rouge. «Je n'ai pas peur! Je me préoccupe seulement de Mia. Tu sais à quel point elle peut être nerveuse.»

Sophie reste silencieuse un instant.

— Tu sais, je crois que Mia devient de plus en plus courageuse, dit-elle enfin.

— Elle est totalement paniquée, insiste Maïko en secouant la tête et en entrant rapidement dans la classe. Je t'assure!

Je ne peux pas croire que Sophie pense que j'ai peur, se dit Maïko, avec colère.

Elle se rend soudain compte d'une chose très étrange. Bien qu'elle ne l'admettrait pour rien au monde, Sophie a raison.

J'ai PEUR ! se dit Maïko, la surprise lui étreignant la gorge. *Pour la toute première fois !*

Dans la classe, tous les élèves sont rassemblés, tout excités, autour de la fenêtre cassée, la pointant du doigt et parlant. Mme Bonacci n'est pas encore arrivée.

Maïko remarque que le verre brisé a déjà été ramassé.

— Quelqu'un a-t-il vu qui a fait ça ? demande Brigitte, avec curiosité. Hé, Francis ! Tes amis et toi n'étiez-vous pas en train de jouer sur le terrain de basket ?

Maïko sent son cœur s'arrêter de battre. Les garçons ont-ils vu quelque chose ?

Mais Francis secoue la tête.

— Non, nous n'avons rien vu.

— Nous avons entendu un bruit de casse, dit Jacques, mais lorsque nous sommes arrivés dans la cour, il n'y avait personne. À mon avis, la fenêtre a été cassée par ce ballon, ajoute-t-il en pointant du doigt un ballon de basket sous un pupitre, près de la fenêtre.

Il lance alors un drôle de regard à Maïko. Pendant un instant horrible, Maïko croit qu'il va lui demander si elle sait quelque chose. Mais, à son grand soulagement, il n'en fait rien.

Tandis qu'elle se dirige vers sa chaise, Maïko voit Mia se faufiler dans la classe.

Elle paraît réellement nerveuse, se dit Maïko. *Sophie se trompe en disant que cette histoire ne fait pas peur à Mia !*

— Tout le monde assis, dit doucement Mme Bonacci en entrant dans la classe.

Tous s'assoient à leur place.

— Je suis sûre que vous avez déjà tous remarqué la fenêtre cassée, leur dit-elle.

Tous hochent la tête.

— J'ai ramassé les morceaux de verre, mais attention aux petits éclats. Je ne veux pas que quelqu'un se coupe.

Brigitte lève la main.

— Qui a fait ça, Mme Bonacci ? demande-t-elle.

Mme Bonacci secoue la tête.

— Je l'ignore. Le responsable ne s'est pas encore présenté.

Le silence plane dans la classe. Les élèves semblent attendre que quelqu'un se lève et avoue l'avoir fait.

Maïko sent son cœur battre à tout rompre dans sa poitrine. *Je devrais peut-être avouer,* se dit-elle.

Mais elle se souvient alors de son horrible matinée, de l'avion en papier et des ennuis qu'elle s'est attirés en avouant l'avoir lancé.

Dans l'immédiat, la seule pensée d'avouer une nouvelle bêtise lui noue l'estomac.

Non, se dit-elle. *J'ai pris la bonne décision.*

Je peux maintenant me concentrer de manière à rester sage.

Quand cette sensation disparaîtra-t-elle?

— Je sais que celui qui a lancé le ballon a dû éprouver une grande frayeur, ajoute Mme Bonacci. Il s'est sans doute enfui sans même y penser.

Hugo lève la main à son tour.

— Oui, Hugo ?

— Mme Bonacci, le responsable doit être une poule mouillée et a trop peur pour avouer.

Maïko fronce les sourcils. Personne ne l'a encore jamais traitée de poule mouillée. Ça ne lui plaît pas du tout !

— Eh bien, il est parfois difficile de dire la vérité, dit Mme Bonacci en haussant les épaules, et je ne m'attends pas à ce que quiconque vienne me la dire maintenant. C'est peut-être un élève de cette classe qui a cassé la fenêtre. Comme ça peut être un élève d'une autre classe.

Maïko remarque alors que quelqu'un d'autre a levé la main. C'est Mia !

Maïko la regarde d'un air nerveux. Que va-t-elle dire?

— Oui, Mia?

— Mme Bonacci, si quelqu'un sait quelque chose, que doit-il faire? Je ne parle pas pour moi, s'empresse d'ajouter Mia. Je me demande, simplement...

— Eh bien, il devrait venir m'en parler quand il se sentira prêt, répond gentiment Mme Bonacci. Très bien. Oublions tous cette fenêtre pour l'instant et mettons-nous au travail, ajoute-t-elle en se tournant vers le tableau.

Maïko fronce les sourcils. Elle est persuadée que Mia prépare quelque chose.

Est-il possible qu'elle aille trouver Mme Bonacci et lui dise la vérité?

J'espère de tout mon cœur que non! se dit Maïko, en croisant les doigts sous son pupitre.

Chapitre neuf

Maïko travaille fort tout l'après-midi. Maintenant, elle se sent vraiment prête à travailler ! Au moins, ça l'empêche de penser à sa *situation*.

Lorsque la cloche sonne la fin de la journée, elle est étonnée de constater à quel point il lui a été facile de se concentrer sur ses travaux. Le temps a passé si vite !

Mme Bonacci vient vers elle et sourit.

— Beau travail, Maïko ! lui dit-elle. Tu as très bien travaillé cet après-midi. Tu pourras peut-être retrouver ton ancienne place très bientôt.

Maïko sourit. Il est si agréable d'entendre Mme Bonacci la féliciter, pour une fois ! Une pensée la frappe alors, beaucoup moins plaisante. *Mme Bonacci ne serait pas aussi contente de moi si elle savait pour la fenêtre cassée.*

Le voyage de retour à la maison est généralement des plus bruyants. Kaï essaye toujours de parler plus fort que Maïko qui tente à son tour de parler plus fort que lui !

Mais, aujourd'hui, Maïko laisse la parole à son frère. Elle est plongée dans ses pensées et se demande pourquoi elle a si peur que les gens apprennent qu'elle est pour quelque chose dans le bris de la fenêtre.

Elle n'a pas peur, généralement. Pas vraiment. Elle éprouve une sensation de picotements et se sent un peu nerveuse avant de faire un numéro de cirque, mais elle n'a jamais éprouvé de peur comme les autres enfants semblent le faire.

Mais dès qu'elle s'imagine aller parler de la fenêtre à Mme Bonacci, elle sent son estomac se retourner.

Est-ce cela, avoir peur? se demande-t-elle. Si tel est le cas, ça ne lui plaît pas du tout!

Après le repas, Maïko prend généralement un chocolat chaud en regardant la télé-
vision. Mais, ce soir, ça ne lui dit rien. Elle va
plutôt dans sa chambre et s'attaque au
devoir que Mme Bonacci leur a donné. Le plus
drôle, c'est que le travail ne la rebute pas
autant que d'habitude. Bien qu'elle déteste
l'admettre, le devoir est plutôt intéressant.

Quelques minutes plus tard, quelqu'un
frappe à sa porte. C'est sa mère, une tasse
à la main.

— Veux-tu un chocolat chaud ? lui
demande-t-elle.

— Non merci, maman. Je veux juste faire
mon devoir.

La mère de Maïko entre dans la chambre et ferme la porte, portant toujours la tasse fumante.

— Qu'y a-t-il, Maïko? J'ai déjà trouvé étrange que tu sois silencieuse dans la voiture, et voilà que maintenant tu fais tes devoirs sans qu'on te l'ait demandé. Et je ne t'ai encore jamais entendue refuser un chocolat chaud!

Maïko se sent soudain au bord des larmes. La journée a été si dure. Il serait si bon de tout raconter à sa mère.

Mais je ne peux rien lui dire, décide Maïko. *Elle serait si déçue.*

— Tout va bien, maman, répond-elle en se forçant à sourire. Je n'ai simplement pas soif.

Sa mère s'approche et la serre dans ses bras.

— Maïko, tu peux tout me dire, tu sais. Je suis là pour t'aider.

Maïko serre à son tour sa mère dans ses bras.

— Maman, as-tu déjà eu des ennuis à l'école?

Sa mère sourit et lui lance un regard embarrassé. «Une fois ou deux, admet-elle. Un jour, j'ai fait une caricature d'un de nos profs au tableau. J'avais l'intention de l'effacer avant son arrivée, mais il est entré plus tôt que prévu. Ça m'a attiré beaucoup d'ennuis.»

Maïko sourit. Elle ne peut pas imaginer sa mère en train de faire des bêtises.

— Maman, que ferais-tu si tu avais déjà de gros problèmes à l'école et que quelque chose d'autre se produit? Quelque chose qui t'attirerait de *très gros* ennuis?

— J'irais en parler à quelqu'un, répond sa mère.

— Mais, si personne n'a rien vu ? Si personne n'a été blessé et s'il ne s'agissait que d'un stupide accident ? insiste Maïko.

Sa mère la serre contre elle.

— Tu sais, avouer une faute peut parfois sembler la chose la plus effrayante et la plus terrifiante qui soit. Mais il est parfois pire de ne *rien* dire, car tu vis dans la crainte que quelqu'un découvre un jour ton secret.

— Merci, maman.

Maïko réfléchit aux paroles de sa mère. Il est vrai que son secret la rend assez mal à l'aise.

Mais, se dit Maïko tandis que sa mère sort de sa chambre, *je crois malgré tout que je me sentirais encore plus mal en disant la vérité !*

Chapitre dix

Le lendemain matin, Mia n'attend pas Maïko et Sophie à l'entrée de l'école comme elle le fait d'habitude.

— C'est bizarre, Mia n'est jamais en retard, dit Maïko, tandis que Sophie et elle se dirigent ensemble vers la classe. Une pensée horrible lui vient alors à l'esprit. « Elle est peut-être allée tout raconter à Mme Bonacci. »

Sophie secoue fermement la tête.

— Arrête ! Tu deviens parano, Maïko. Elle a promis de ne rien dire. Et Mia tient toujours ses promesses.

— Tu dois avoir raison, admet Maïko, nerveuse malgré tout.

— Maïko, ajoute doucement Sophie tandis qu'elles arrivent à leur classe, si tu ne dis pas la vérité à Mme Bonacci, le blâme risque de tomber sur quelqu'un *d'autre*. Imagine alors à quel point tu te sentirais mal.

Maïko n'a jamais pensé à cela, et ça ne fait qu'ajouter à ses soucis.

Mia n'est pas dans la classe. *Je parie qu'elle PARLE à Mme Bonacci,* se dit Maïko.

Plus elle y pense, plus elle se sent furieuse. *Mia a promis de ne rien dire. Que manigance-t-elle?*

La porte s'ouvre enfin, et Mia entre en coup de vent dans la classe.

Enfin! se dit Maïko. *Elle en a mis du temps!* Elle se précipite vers son amie.

— Où étais-tu?

Mia hésite un instant, les joues empourprées. «Je suis allée dire à Mme Bonacci ce qui s'est passé hier», lui dit-elle.

Maïko est trop abasourdie pour parler.

Elle ne peut y croire. Finalement, Mia l'a dénoncée!

— Mais ne t'en fais pas, ajoute Mia. J'ai dit que c'était entièrement ma faute.

Maïko ne l'entend plus. Elle est trop furieuse.

— Je ne peux pas croire que tu as fait ça ! Je pensais que nous avions décidé de ne rien dire.

— J'ai promis de ne pas *te* dénoncer, lui fait remarquer Mia. Et je ne l'ai pas fait. Je me suis seulement dénoncée moi-même.

Maïko fronce les sourcils.

— Je parie que Mme Bonacci n'a pas cru que tu avais cassé la fenêtre à toi seule.

Mia se mord la lèvre.

— Eh bien, non, elle ne l'a pas cru, admet-elle. Mais elle n'était pas en colère.

Elle voulait seulement entendre la vérité. De ma bouche et de celle de la personne avec qui je jouais lorsque c'est arrivé.

Maïko pose les mains sur ses hanches. Tout ce que dit Mia la met de plus en plus en colère.

— Très bien. Tu sais ce qui arrivera si Mme Bonacci apprend la vérité. *Je* vais avoir de terribles ennuis! Je te croyais mon amie, Mia.

Mia reste bouche bée et semble vraiment contrariée.

Maïko est renversée par sa propre réaction. Elle n'a jamais parlé ainsi à qui que ce soit, encore moins à l'une de ses amies. Ce n'est pas bien du tout.

J'espère que je ne vais pas faire pleurer Mia, se dit-elle, sa colère soudain apaisée.

Mais Mia n'a pas fini de parler.

— Maïko, tu es injuste, crie-t-elle. Je ne veux plus mentir à propos de cette fenêtre. Ça me fait me sentir mal. Tu devrais venir avec moi pour que nous puissions dire la vérité à Mme Bonacci. Cette situation est stupide et je veux la régler. Je sais que tu as peur, même si tu ne veux pas l'admettre. Mais j'en ai marre de me sentir coupable. Et je parie qu'au fond de toi, tu en as assez toi aussi !

Maïko regarde Mia, trop surprise et trop fâchée pour parler. Elle n'aurait jamais imaginé Mia capable de dire de telles choses. Elle ne sait plus quoi penser !

À cet instant, Mme Bonacci entre dans la classe. Maïko se précipite vers son pupitre, hors d'elle.

Aussi dur que ça puisse lui paraître, elle devra attendre la récréation pour poursuivre cette conversation.